SULITZER

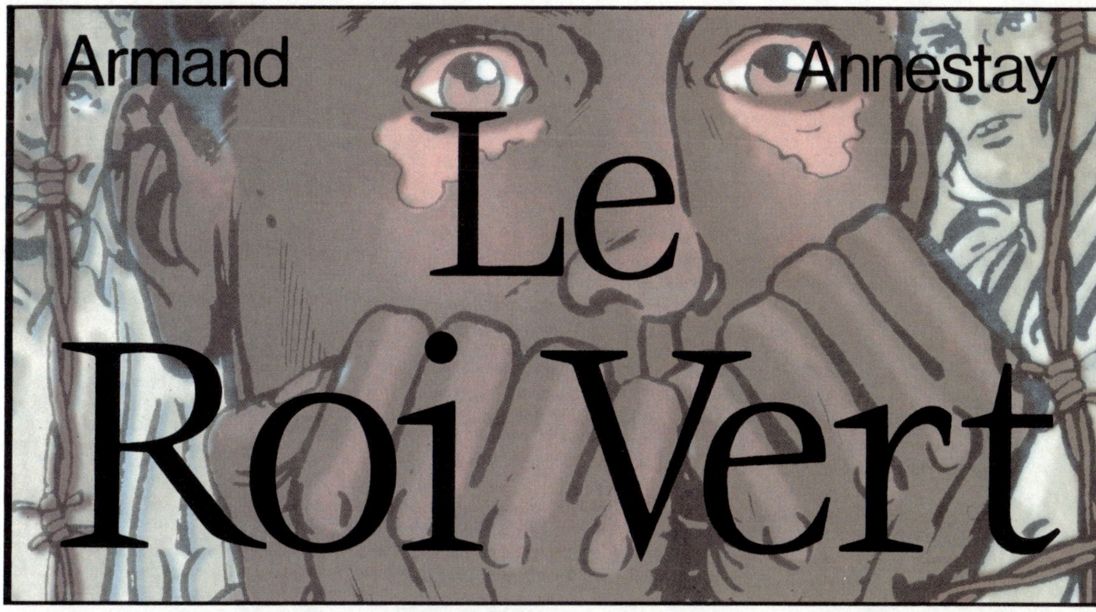

Armand

Annestay

Le Roi Vert

1. La Traque

DUPUIS

Les scénarios du cycle *Le Roi Vert* sont adaptés du roman
de Paul-Loup Sulitzer (Edition N°1/Stock)

Jacques Armand n'a pu terminer cet album. Il est décédé le 17 avril 1991.
Ses amis Alexandre Coutelis et Christian Rossi,
avec la complicité de Gilles Mezzomo, ont dessiné les cinq dernières planches.

Couleurs : Yves Chagnaud
Maquette : Y. Amateis
Dépôt légal : novembre 1991 D. 1991/0089/123
ISBN 2-8001-1841-5 ISSN 0778-3248

Imprimé en Belgique.

Mauthausen, le 5 mai 1945...
GOD DAMN! On ne peut plus avancer! Désolé Messieurs mais vous devrez faire les derniers mètres à pied!
A1
Eh bien, c'est gai! Il se débine!
Ouais, le salaud!
Et, en plus, vous sentez un peu cette odeur?
L'ODEUR DES FOURS CRÉMATOIRES!
Pas de doute: nous sommes arrivés!
Ça en a tout l'air!
La joie de la libération a l'air de s'être estompée avec la puanteur!
Je me demande qui pue le plus, les cadavres ou eux. C'est pas croyable ce que ça schlingue!
ARRÊTEZ, BLASTOCK!
B1

Peu après...
Bienvenue à Mauthausen, gentlemen! Ici, les prisonniers ont été soigneusement catalogués en trois catégories : les irrécupérables, les états critiques et les hors de danger!
Les irrécupérables sont légion. Dans les prochains jours, deux à trois mille d'entre eux vont crever. Mais crever libres, c'est déjà ça! ...
...Rien ne vaut une connaissance directe des problèmes. Je vous laisse donc à vos travaux respectifs, gentlemen.
On s'installe dans ce bâtiment, d'accord?
Bon, je vais faire quelques photos!
Je te rejoins ...
WAR CRIMES
A2
Pourquoi?
Pourquoi n'êtes-vous pas venu plus tôt?
POURQUOI?
POURQUOI?
B2

"Mon Dieu, mon Dieu, la vie est là, simple et tranquille ... "
" ... cette paisible rumeur là vient de la ville. "*
Êtes-vous blessé ?
Oui !

* Verlaine

LE JEUNE HOMME AUX YEUX GRIS S'APPELLE REB MICHAËL KLIMROD. IL A DIX-SEPT ANS. IL A SURVÉCU PAR LE MIRACLE DE LA CHANCE ET DE LA VOLONTÉ. IL VA DEVENIR L'HOMME LE PLUS RICHE DU MONDE. ON LE CONNAÎTRA SOUS LE NOM DU ROI VERT.

1. De si tendres moments...

Mon histoire se fond parmi celle de millions de déportés. Avec mes deux sœurs, nous étions arrivés à Lvov le 5 juillet 1941. Ma mère voulait revoir ses parents.
A Vienne, elle avait obtenu des passeports pour nous quatre.
Ma mère avait une grande confiance dans les passeports. Elle avait tort...
J'avais treize ans et demi quand nous sommes arrivés dans le camp de Janowska.
Ensuite, nous avons été transférés au camp de Belzec.
C'est là où je les ai vues mourir le 17 juillet 1942.
Schnell !!
PAW
Ma sœur Mina avait neuf ans. Je suis absolument sûr qu'elle était vivante quand ils l'ont brûlée.
FFRRRRRRRrrrrr...

Mon autre soeur, Katarina, avait deux ans de plus que moi.
Elle est montée dans un wagon où il y avait de la place pour 36 hommes. 140 y étaient entassés et de la chaux vive avait été étalée sur le plancher.
Katarina était parmi les premiers...
Quand ils ont refermé les portes, ils ont placé le wagon sur une voie de garage et l'ont laissé au soleil pendant sept jours.
7A
C'est le 2 octobre 1943, à Belzec, que l'Obersturmbannführer a rassemblé les garçons qui allaient servir de femmes à son groupe.
Nous étions seize à notre arrivée en 45 à Mauthausen... Mais ils n'ont gardé que leurs préférés.
Auparavant, nous étions passés par Büchenwald.
7B

Descendez ! Vous vous ankylosez ! Allez vous dégourdir les jambes !
!
Allons ... Tu pleures trop ! Tu fatigues !
... Et tes dents sont cariées ... Enfin, celles qui te restent.
8A
EN AVANT, LES CHÉRIES !
HAHAHA !! HAHA !!
ARG
AAAAAHH
STOP !
Ces femmelettes ne tiennent pas le coup !
8B

Toi, lève-toi, regarde ici!
Souris! Tu seras plus belle!
Souris!!
Mieux que ça!!
Mmh... C'est bien ce que je disais... Mauvaise dentition!
Tu n'es plus attrayante, Arthur!
Viens, approche!
9A
PAW
Janowska, Belzec, Janowska encore, Plaszow, Grossrosen, Büchenwald, Mauthausen, je n'ai rien oublié...
Et je me souviendrai toujours de l'Obersturmbannführer Hochreiner...
... Toujours.
9B

2. George Tarras

La fosse enfermait neuf corps, tous de jeunes garçons d'un âge variant entre douze et dix-sept ans. Reb Klimrod était le plus âgé et le seul survivant.

Quelques semaines ont passé. Reb Klimrod avait commencé à se rétablir ...
Entrez!
David, laissez-nous. Je vais procéder à l'interrogatoire de votre protégé.
Yes, Sir!
Votre bureau ?... Avant, c'était celui d'un commandant SS. Et ces photos au mur ?
Dachau et Mauthausen. Comment vous appelez-vous?
Vous ne m'avez pas répondu!
Reb Michaël Klimrod. Je suis arrivé ici en février dernier avec les autres garçons de la fosse. Tous amenés par un Obersturmbannführer...
Qui s'appelait ?
Je ne sais plus!
!!
De quel droit me posez-vous ces questions? Parce que vous êtes Américain et que vous avez gagné la guerre?
Je ne crois pas avoir été vaincu par les U.S.A. ni par quiconque ...
... Mais je vais vous raconter mon histoire.

On avait divisé l'Autriche en quatre zones militaires. Mauthausen se trouva dans la zone soviétique. Tarras, Settiniaz et leur section de crimes de guerre s'installèrent à Linz. Le déménagement occupa d'autant plus les deux hommes qu'ils n'en interrompirent pas leurs interrogatoires pour autant.

Ce ne fut qu'après plusieurs jours qu'ils constatèrent la disparition de Reb Klimrod. 12

3. Le libraire de Vienne

Un quart d'heure après...
Il est entré dans cette maison, inspecteur!
CRIC CRAC
Fouillez la maison de fond en comble. Si c'est un enfant, comme vous dites, il ne doit pas être loin!
Là, regardez, il y a des traces de sang.
?
Il a dû se blesser en entrant...
Elémentaire, mon cher Watson.
Elles mènent aux combles!
?!!
Personne!
La fenêtre est ouverte, il a dû s'enfuir par ici!
La patrouille lui aura fait peur, il a préféré fuir.
Allons faire notre rapport!
Routine, routine, bah... Ne nous plaignons pas!
Rien à signaler aux autres étages, inspecteur!
MP
Peu après...
CRRRR
Si on m'avait dit que cette vieille cachette d'enfance me servirait encore!
14

La certitude du désastre ne suffit pas, on veut toujours le mesurer et on se met à marcher, à arpenter.
Et on constate qu'il ne reste rien. Strictement plus rien. Plus un livre dans les bibliothèques aux murs. Même les tapisseries ont été arrachées.
15A
Plus rien. Reste le souvenir des voix, des rires. Le son doux et familier du fauteuil roulant de père.
CRRRRR
Sa voix au téléphone parlant a son associé ERICH STEYR...
Sa voix qui lui disait: "Erich, j'ai peur de ce voyage à Lvov pour Hannah et les enfants, malgré les laissez-passer que vous leur avez procurés ..."
CRRRRR
... Ses dernières paroles entendues.
15B

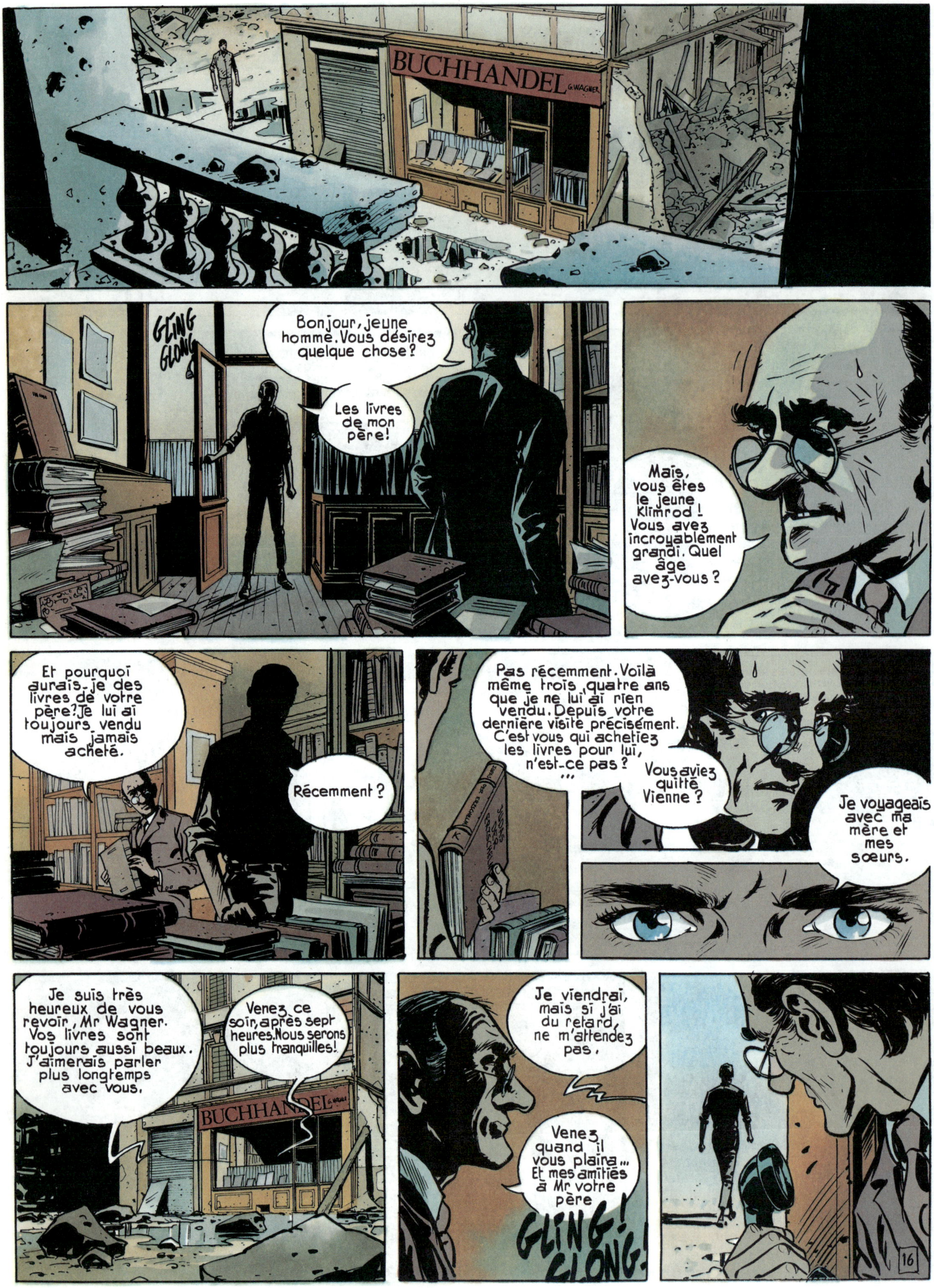
BUCHHANDEL G. WAGNER
GLING GLONG
Bonjour, jeune homme. Vous désirez quelque chose?
Les livres de mon père!
Mais, vous êtes le jeune Klimrod ! Vous avez incroyablement grandi. Quel âge avez-vous ?
Et pourquoi aurais-je des livres de votre père? Je lui ai toujours vendu mais jamais acheté.
Récemment ?
Pas récemment. Voilà même trois, quatre ans que je ne lui ai rien vendu. Depuis votre dernière visite précisément. C'est vous qui achetiez les livres pour lui, n'est-ce pas ? ...
Vous aviez quitté Vienne ?
Je voyageais avec ma mère et mes soeurs.
Je suis très heureux de vous revoir, Mr Wagner. Vos livres sont toujours aussi beaux. J'aimerais parler plus longtemps avec vous.
Venez ce soir, après sept heures. Nous serons plus tranquilles!
BUCHHANDEL G. WAGNER
Je viendrai, mais si j'ai du retard, ne m'attendez pas.
Venez quand il vous plaira... Et mes amitiés à Mr votre père
GLING! GLONG!
16

La tranche d'un des exemplaires reliés arborait un K gravé à l'or très fin, presque invisible. Le K des Klimrod.
C'était suffisant pour se frayer une piste à travers le désastre.
VRRRRRRR
BUCH
Entrez, entrez! Le jeune homme est venu mais doit revenir ce soir vers sept heures.
Très bien, vous avez fait du bon travail, Herr Wagner.
BUCHHANDEL
Nous le tenons!
BUCHHANDEL
Reb Klimrod avait parcouru à pied cent soixante km entre Mauthausen et Vienne, ne progressant que de nuit, dormant le jour. Il savait maintenant que la traque avait commencé. Il se fondit dans la nuit de la capitale.
17

4. K. H. Lothar

Près d'un mois plus tard, le 3 juillet 1945 à Salzbourg.
Herr Lothar n'est pas ici. Vous le trouverez dans son laboratoire. Ce n'est pas très loin.
...Le laboratoire se situe dans un passage étroit qui donne sur la vieille place à trois cents mètres d'ici...
PHOTOGR
K.H. LOTHAR
GLINGLINGGGLIII
?!
JE SUIS ICI!
Pas un mot, pas un geste!
18

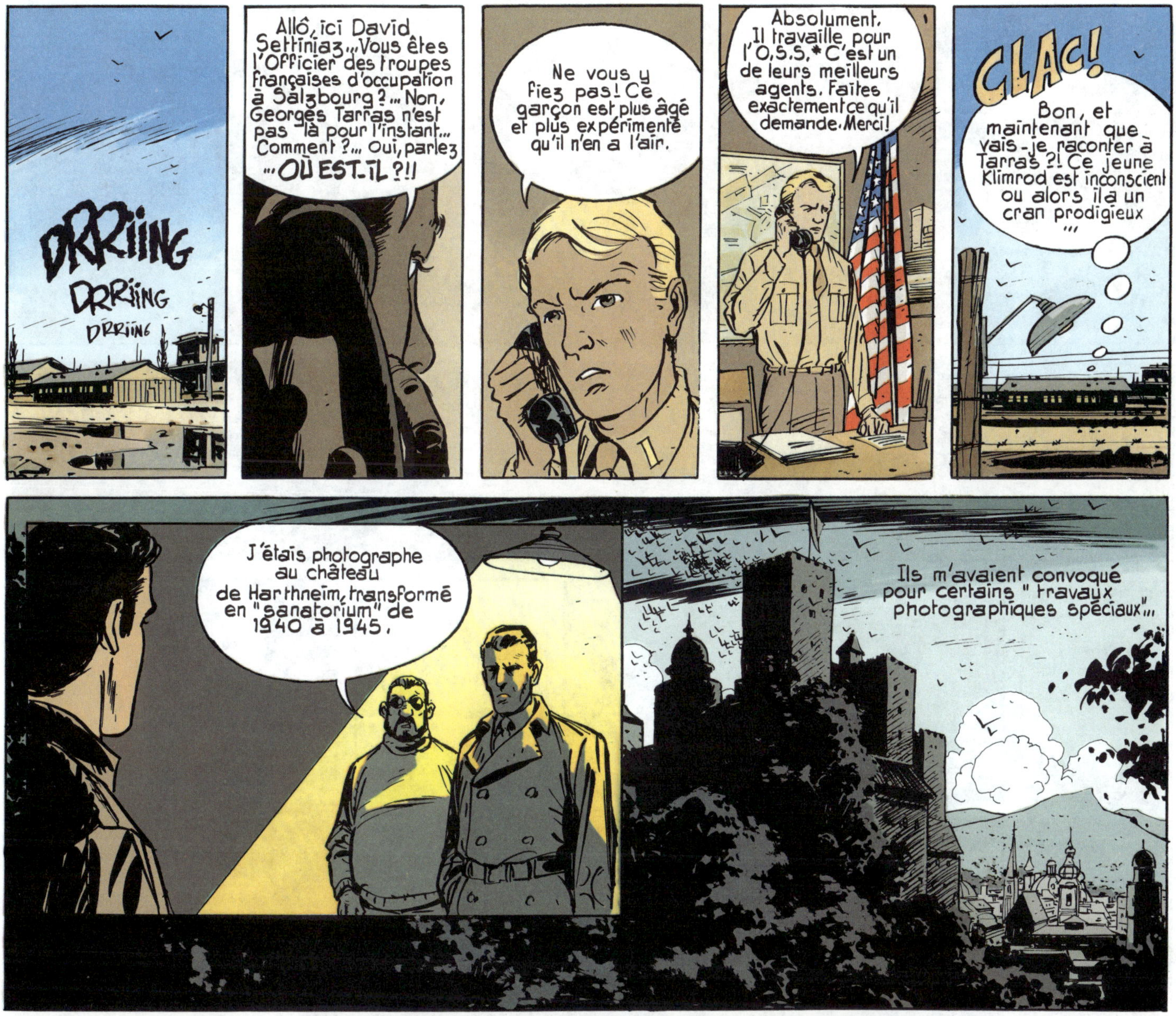

* O.S.S. (office of Strategic services), service de renseignements de l'armée, avant la C.I.A. (Agence centrale de renseignements) qui ne fut créée qu'en 1947.

Vous mentez, mon père est vivant!
Dans la lettre qu'il m'a laissée ...
Quelle lettre ?!!
Je l'ai laissée à Vienne.
Où à Vienne?
Je ne vous le dirai pas!
Lothar, retrouvez les photos de son père!
Quelles sont les dates?
Août 1941. Vers le 20. Tu verras, tu me parleras de cette lettre, petit.
21 Août 1941. Klimrod, je les ai!
Voici l'aboutissement de tes recherches! Ouvre les yeux. Regarde ton père nu, avec ses jambes atrophiées, ramper sur le sol. Regarde son asphyxie. Là, c'est un morceau de langue qu'il s'est arraché lui-même.
Regarde, petit, regarde!
Erich Steyr va être content de te voir disparaître avec les traces de ton passé! La traque n'aura pas été trop longue!
FOUTEZ-MOI LE FEU À TOUT ÇA!!!
20

Et vous, mon très cher Lothar, on voulait se constituer sa collection personnelle de documents historiques ?
BANG
Qu'il brûle avec le reste !
Et maintenant, petit, parle-moi de cette lettre.
VLOUF
Qu'est-ce que... ?!!
BABANG
RATATATAC
RATACATACATAC ATAT
KRRRAAAAH
?!!
?
TACAATAC
21

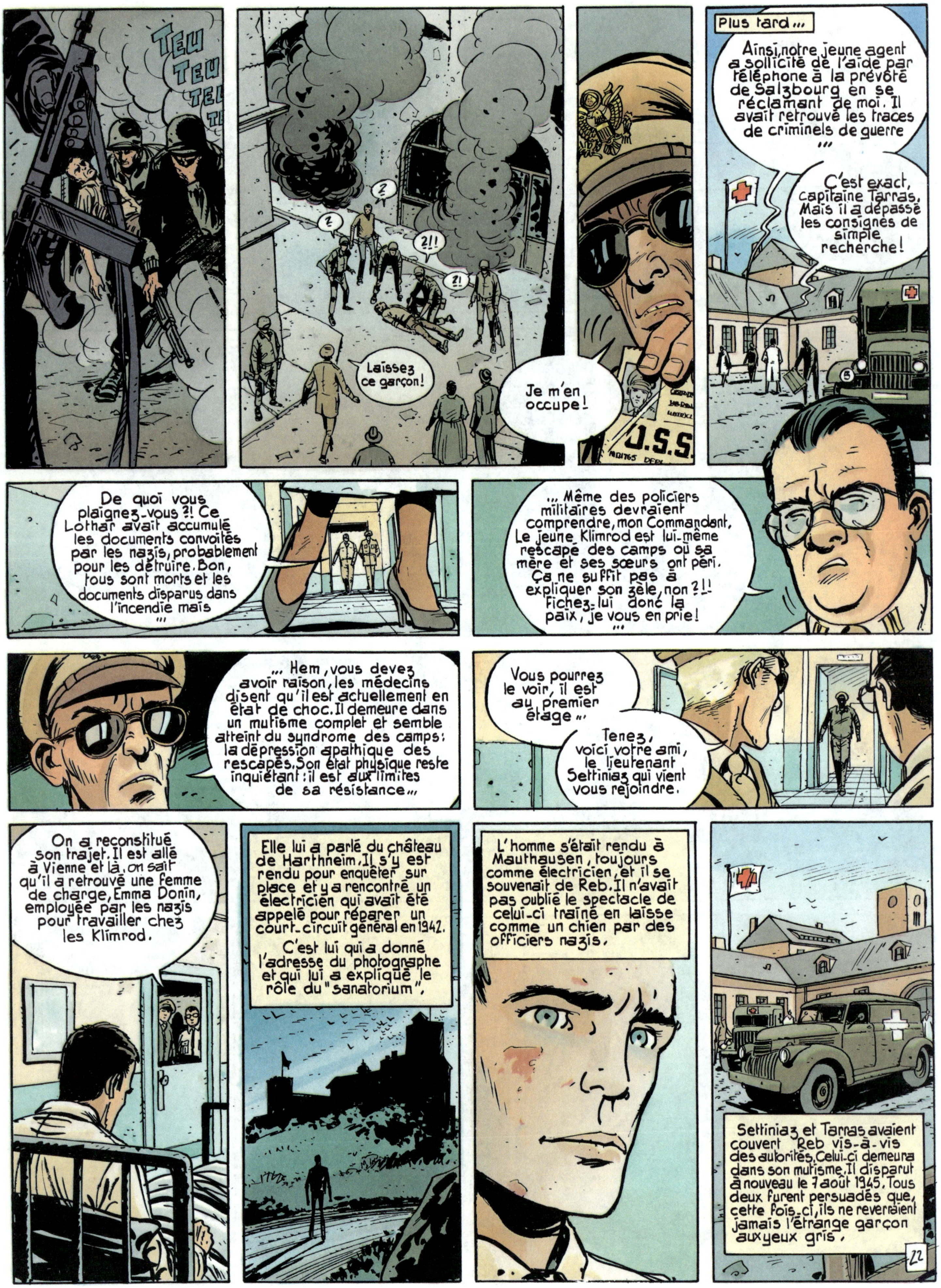
TEU
TEU
TEU
?
?
?!!
?!
Laissez ce garçon!
Je m'en occupe!
O.S.S.
Plus tard...
Ainsi, notre jeune agent a sollicité de l'aide par téléphone à la prévôté de Salzbourg en se réclamant de moi. Il avait retrouvé les traces de criminels de guerre ...
C'est exact, capitaine Tarras. Mais il a dépassé les consignes de simple recherche!
De quoi vous plaignez-vous?! Ce Lothar avait accumulé les documents convoités par les nazis, probablement pour les détruire. Bon, tous sont morts et les documents disparus dans l'incendie mais ...
... Même des policiers militaires devraient comprendre, mon Commandant. Le jeune Klimrod est lui-même rescapé des camps où sa mère et ses sœurs ont péri. Ça ne suffit pas à expliquer son zèle, non?!! Fichez-lui donc la paix, je vous en prie! ...
... Hem, vous devez avoir raison, les médecins disent qu'il est actuellement en état de choc. Il demeure dans un mutisme complet et semble atteint du syndrome des camps: la dépression apathique des rescapés. Son état physique reste inquiétant: il est aux limites de sa résistance...
Vous pourrez le voir, il est au premier étage...
Tenez, voici votre ami, le lieutenant Settiniaz qui vient vous rejoindre.
On a reconstitué son trajet. Il est allé à Vienne et là, on sait qu'il a retrouvé une femme de charge, Emma Donin, employée par les nazis pour travailler chez les Klimrod.
Elle lui a parlé du château de Harthneim. Il s'y est rendu pour enquêter sur place et y a rencontré un électricien qui avait été appelé pour réparer un court-circuit général en 1942.
C'est lui qui a donné l'adresse du photographe et qui lui a expliqué le rôle du "sanatorium".
L'homme s'était rendu à Mauthausen, toujours comme électricien, et il se souvenait de Reb. Il n'avait pas oublié le spectacle de celui-ci traîné en laisse comme un chien par des officiers nazis.
Settiniaz et Tarras avaient couvert Reb vis-à-vis des autorités. Celui-ci demeura dans son mutisme. Il disparut à nouveau le 7 août 1945. Tous deux furent persuadés que, cette fois-ci, ils ne reverraient jamais l'étrange garçon aux yeux gris.
22

5. La 412e compagnie

Eux aussi cherchent à fuir clandestinement; ils se montreront donc des plus tranquilles. Faites-en de même ... Bonne nuit.
Qu'est-ce que c'est que cette histoire d'hôtes ?!
Chut! Ecoutez... On les entend!
Des Allemands! ...
Des nazis en fuite!
Ces salauds suivent la même filière d'évasion que nous et nous ne pouvons rien faire.
C'est à en pleurer!
Le lendemain soir...
Patience. On leur fera la peau, Reb, tu verras!
En attendant, ils ont déjà passé la frontière depuis quelques heures!
Nous approchons. Le convoi ne doit plus être très loin!
MAIS!... Un convoi britannique!! Où sont les nôtres?
24

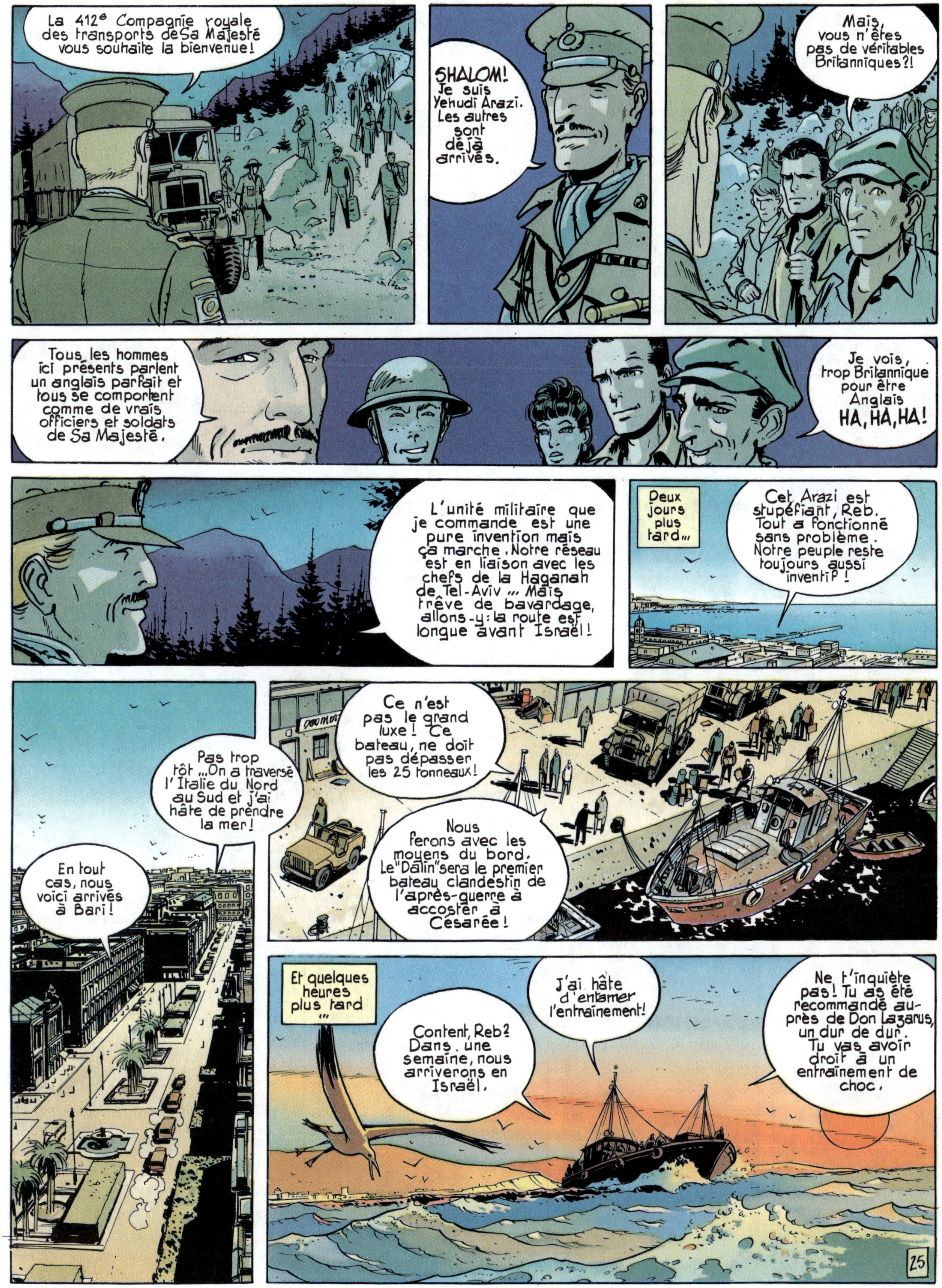

La 412e Compagnie royale des transports de Sa Majesté vous souhaite la bienvenue!
SHALOM! Je suis Yehudi Arazi. Les autres sont déjà arrivés.
Mais, vous n'êtes pas de véritables Britanniques?!
Tous les hommes ici présents parlent un anglais parfait et tous se comportent comme de vrais officiers et soldats de Sa Majesté.
Je vois, trop Britannique pour être Anglais
HA, HA, HA!
L'unité militaire que je commande est une pure invention mais ça marche. Notre réseau est en liaison avec les chefs de la Haganah de Tel-Aviv ... Mais trêve de bavardage, allons-y: la route est longue avant Israël!
Deux jours plus tard...
Cet Arazi est stupéfiant, Reb. Tout a fonctionné sans problème. Notre peuple reste toujours aussi inventif!
En tout cas, nous voici arrivés à Bari!
Pas trop tôt ... On a traversé l'Italie du Nord au Sud et j'ai hâte de prendre la mer!
Ce n'est pas le grand luxe! Ce bateau, ne doit pas dépasser les 25 tonneaux!
Nous ferons avec les moyens du bord. Le "Dalin" sera le premier bateau clandestin de l'après-guerre à accoster à Césarée!
Et quelques heures plus tard ...
Content, Reb? Dans une semaine, nous arriverons en Israël.
J'ai hâte d'entamer l'entraînement!
Ne t'inquiète pas! Tu as été recommandé auprès de Don Lazarus, un dur de dur. Tu vas avoir droit à un entraînement de choc.
25

6. Un certain Pierre Hubrecht

MAIS QU'EST-CE QU'IL FOUT, BORDEL !?
1,2,3...
...4!
RATT
Ce garçon est fou, mais quel cran!
REPLIEMENT!
27

Avant de nous séparer, restituez vos armes!
Je viens avec vous!
Le désert est à nous!
Deux heures plus tard...
Telashod, c'est ici que nous nous séparons. On vous a certainement dit où aller et comment y aller.
Tu sais, Reb, tout à l'heure, j'aurais pu te tuer avec ma mitrailleuse.
Mais, tu ne l'as pas fait!
Deux pas plus à droite ou à gauche et tu aurais été dans ma ligne de mire.
Je le savais!
Essaie de ne pas te faire tuer tout de suite!
Promis, tu as ma parole!
Plus tard, vers quatre heures du matin...
Le camion est au rendez-vous!
Le plan se déroule comme prévu. Nous serons à Tel Aviv au lever du jour!
28

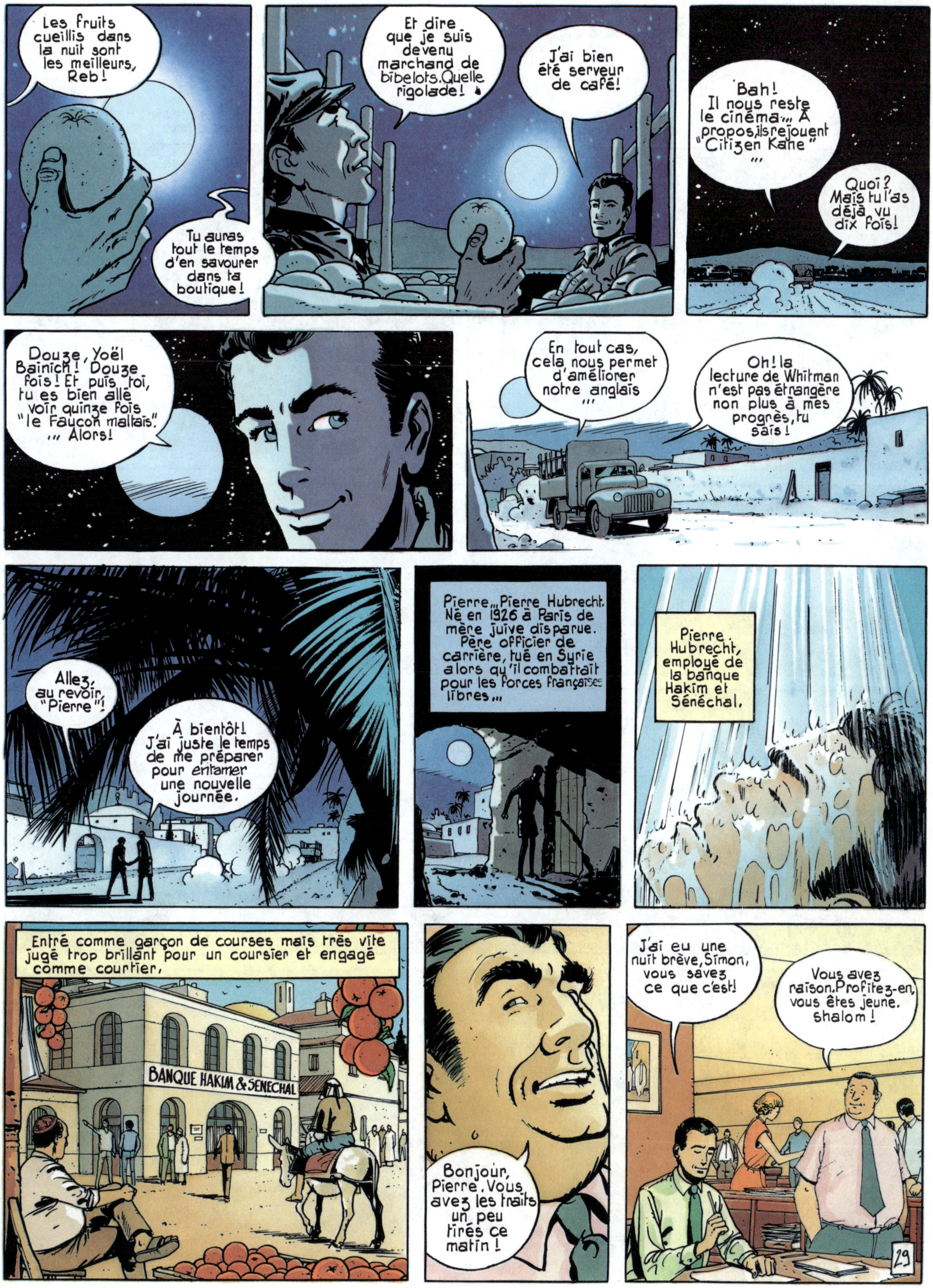
Les fruits cueillis dans la nuit sont les meilleurs, Reb!
Tu auras tout le temps d'en savourer dans ta boutique!
Et dire que je suis devenu marchand de bibelots. Quelle rigolade!
J'ai bien été serveur de café!
Bah! Il nous reste le cinéma... À propos, ils rejouent "Citizen Kane"...
Quoi? Mais tu l'as déjà vu dix fois!
Douze, Yoël Bainich! Douze fois! Et puis, toi, tu es bien allé voir quinze fois "le Faucon maltais"... Alors!
En tout cas, cela nous permet d'améliorer notre anglais...
Oh! la lecture de Whitman n'est pas étrangère non plus à mes progrès, tu sais!
Allez, au revoir, "Pierre"!
À bientôt! J'ai juste le temps de me préparer pour entamer une nouvelle journée.
Pierre... Pierre Hubrecht. Né en 1926 à Paris de mère juive disparue. Père officier de carrière, tué en Syrie alors qu'il combattait pour les forces françaises libres...
Pierre Hubrecht, employé de la banque Hakim et Sénéchal.
Entré comme garçon de courses mais très vite jugé trop brillant pour un coursier et engagé comme courtier.
BANQUE HAKIM & SENECHAL
Bonjour, Pierre. Vous avez les traits un peu tirés ce matin!
J'ai eu une nuit brève, Simon, vous savez ce que c'est!
Vous avez raison. Profitez-en, vous êtes jeune. Shalom!
29

7. Opération Yagur

L'"Opération Yagur" eut lieu le 1er mars 1946. Tout devait être très simple : de faux soldats britanniques escortaient de faux prisonniers arabes dans le but de s'emparer des armes et des documents d'un vrai poste de police anglais, à Yagur. Du "terrorisme" de routine, en somme.

WWWcccccUUUUiiiiiooooo
PAW
PAW
PAW
RAT TAC TAC TAC
?!!
Et voilà qui l'était encore moins.
Des coups de feu et des sirènes d'alarme! À première vue, ça se gâte!
Les consignes sont claires: en cas d'incident grave, il faut filer...
Donc...
Donc, on y va! J'ai bien pigé le manuel de la guérilla selon Dov Lazarus ou je me trompe?
Et comment qu'on y va! Regarde! Les half-tracks vont les bloquer. Ils ne pourront même pas repartir!
VROAHH
Pour être bloqués, ils sont bloqués... On pourrait même dire carrément foutus!
J'espère que vous aimez le "poker menteur", Messieurs!
?
?
?!!
?!!
BEAU TRAVAIL!
Ces salopards sont foutument coincés. Gardez-moi tout ça dans votre ligne de mire. Je vais essayer de les avoir vivants!
31

Et vous, vous trouvez que c'est le moment de roupiller ?... Qui est l'officier de permanence, cette nuit ?
Lieu... Lieutenant Parnell, Sir ! Il est bloqué au premier étage.
Barnes, qu'est-ce que vous attendez ? Bougez votre cul et rappliquez ici !
YES, SIR !
Parnell ! Nous les bloquons mais je les veux vivants, vous m'entendez ? Vivants !
Cette rafale, c'est le signe que les potes de l'Irgoun m'ont reconnu !
LIEUTENANT PARNELL !! ...
TACATACA
Je suis le major O'Connors. Dieu sauve l'Irlande ! Nous les tenons ! Reste plus qu'à leur faire admettre. Faites déjà cesser le feu de votre côté !
VOUS M'ENTENDEZ, BÂTARDS ? Rendez-vous et je vous donne ma parole que vous sortirez vivants d'ici. Vous avez entendu ? Je vais entrer !
RRRRRZRRBMMM
KRBBBRRR
?!!
32

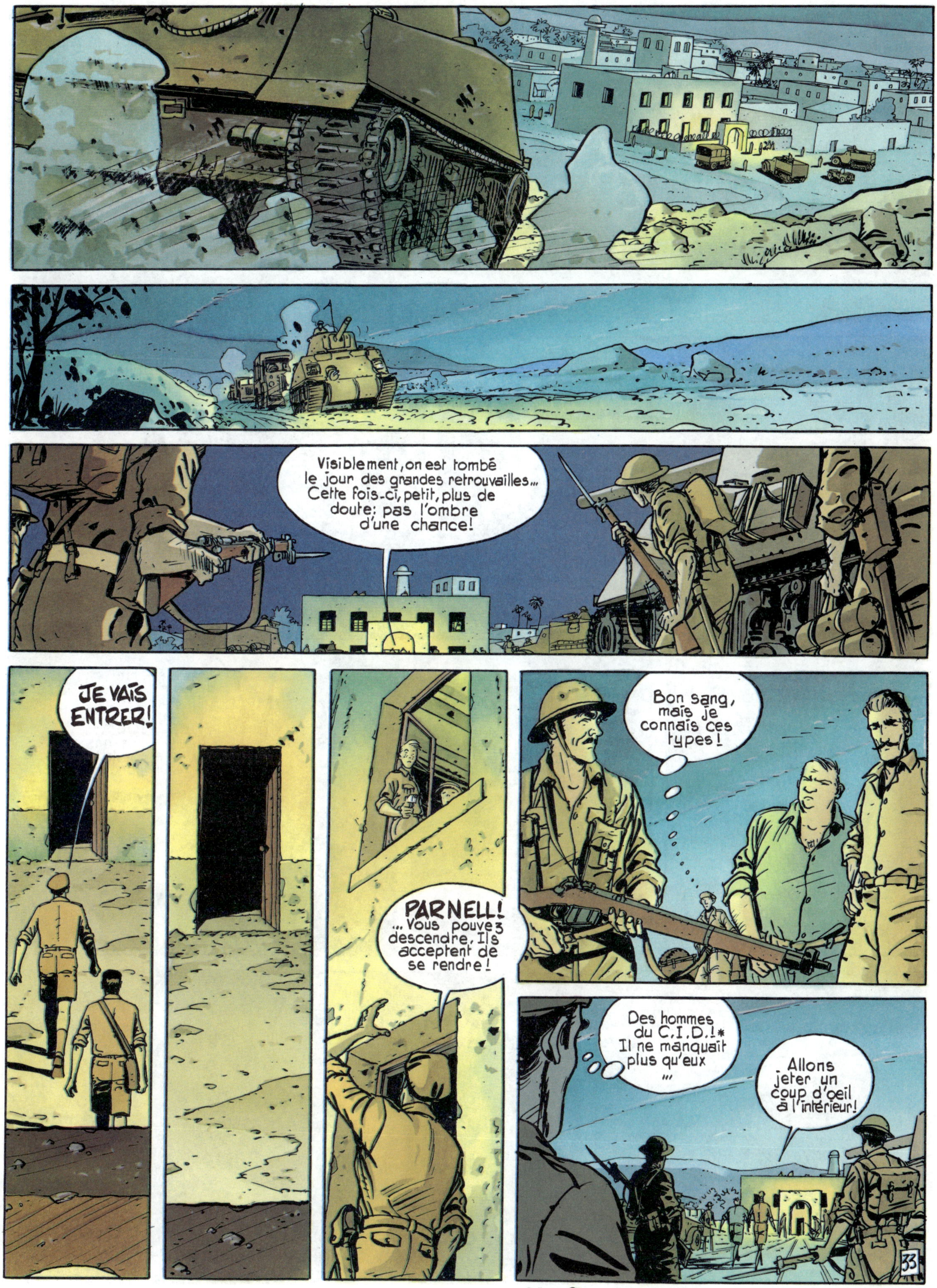

*C.I.D. Criminal/Investigation/Department: police secrète britannique spécialisée dans la traque des terroristes.

DOV LAZARUS !
???!!
Tiens, voilà des connaissances!
Vas-y ! Montre-leur, petit !
HEY ?!
Quinze kilos de TNT se trouvent dans chaque sacoche ...
... et ceci est un détonateur électrique à pression.
S'il écarte son bras un tant soit peu, même pour éternuer, BADABOUM ! Nous finissons tous en chaleur et lumière !
Et étant donné la charge d'explosifs, nous ne serons pas les seuls. Colle-toi au type en bleu, petit, il est du C.I.D. et il m'a reconnu ...
... et maintenant voici nos projets immédiats...
Intervenir n'aurait fait que compliquer les choses ... Je me demande tout de même comment ils vont s'en sortir ...
34

Tout va bien. La ligne des paras s'écarte. C'est beau le prestige de l'uniforme. Pas vraï, Parnell?
Allons, Parnell, ne faites pas cette tête! Nous avons respecté nos accords!
Nous n'avons pas pris d'armes. D'accord, tous les documents du poste ont brûlé... mais à la guerre comme à la guerre!
Plus loin, plus tard...
STOP!
Nous sommes assez loin: on laisse une partie de nos otages ici!
Quoi?
Quelques instants plus tard...
Tu plaisantes, Dov, nous n'allons tout de même pas les laisser filer?
35

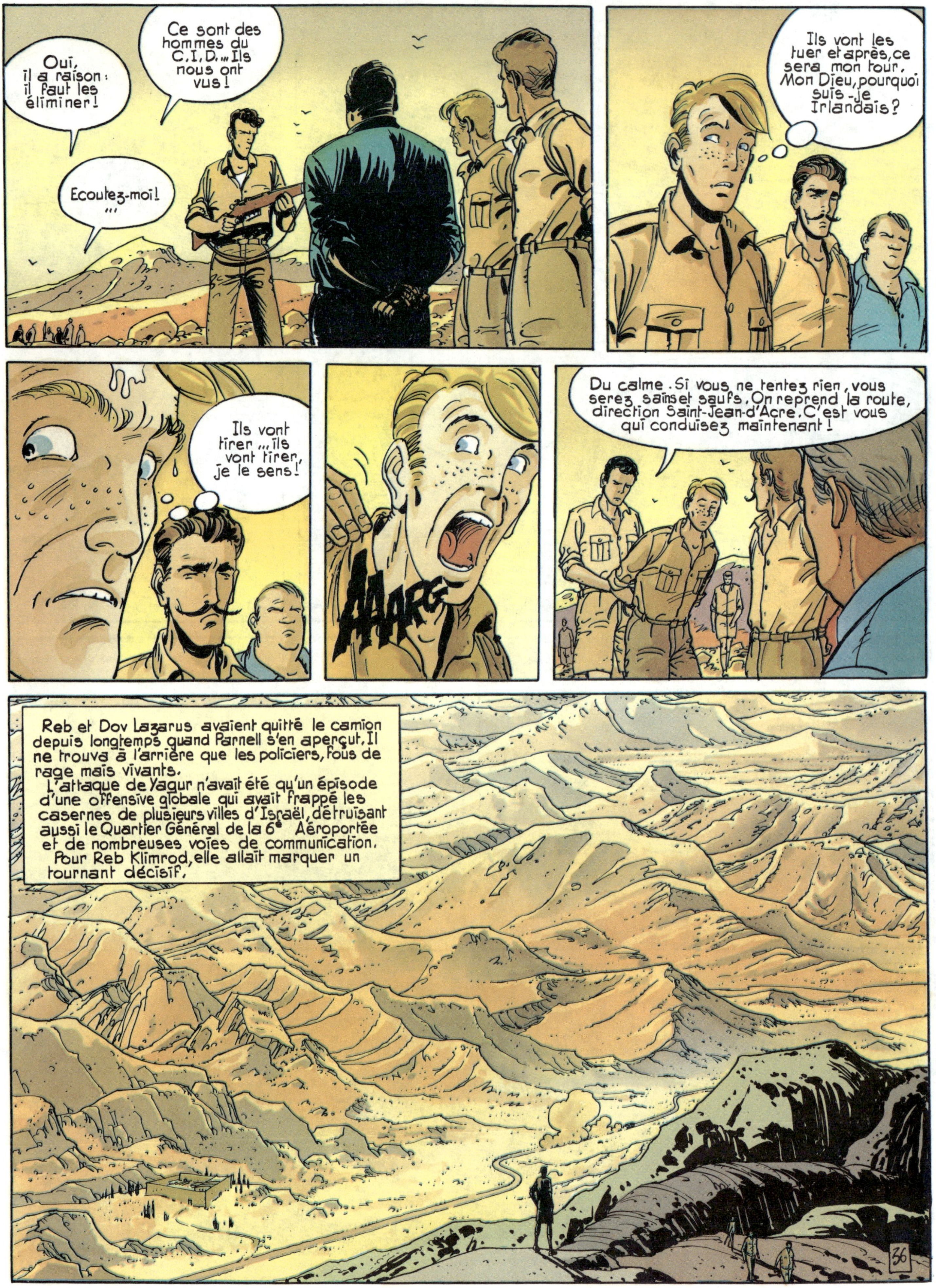
Oui, il a raison : il faut les éliminer !
Ce sont des hommes du C.I.D. ... Ils nous ont vus !
Ecoutez-moi ! ...
Ils vont tuer et après, ce sera mon tour. Mon Dieu, pourquoi suis-je Irlandais ?
Ils vont tirer ... ils vont tirer, je le sens !
AAARG
Du calme. Si vous ne tentez rien, vous serez sains et saufs. On reprend la route, direction Saint-Jean-d'Acre. C'est vous qui conduisez maintenant !
Reb et Dov Lazarus avaient quitté le camion depuis longtemps quand Parnell s'en aperçut. Il ne trouva à l'arrière que les policiers, fous de rage mais vivants.
L'attaque de Yagur n'avait été qu'un épisode d'une offensive globale qui avait frappé les casernes de plusieurs villes d'Israël, détruisant aussi le Quartier Général de la 6e Aéroportée et de nombreuses voies de communication.
Pour Reb Klimrod, elle allait marquer un tournant décisif.
36

8. Trafic à Tanger

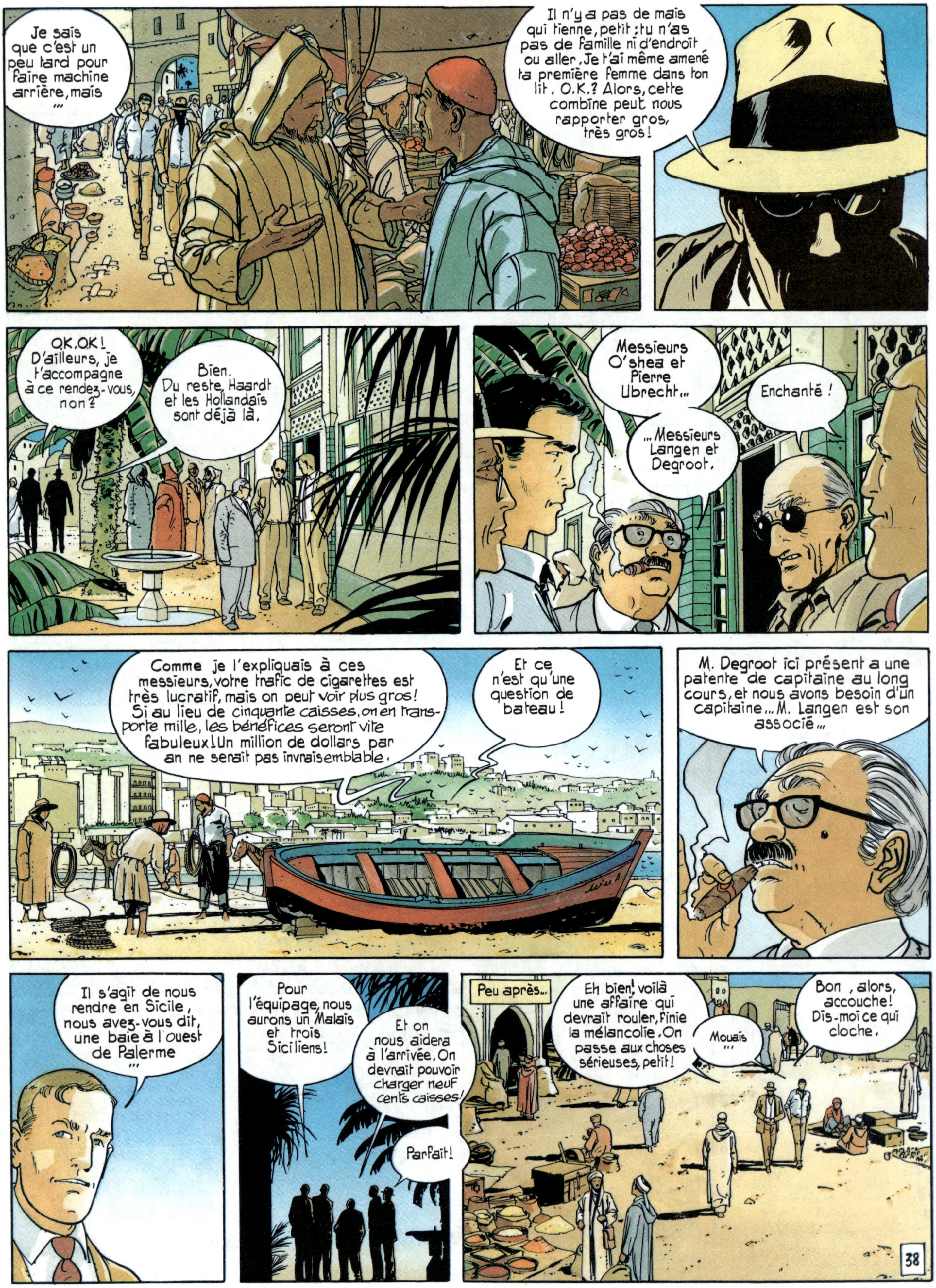
Je sais que c'est un peu tard pour faire machine arrière, mais ...
Il n'y a pas de mais qui tienne, petit ; tu n'as pas de famille ni d'endroit où aller. Je t'ai même amené ta première femme dans ton lit. O.K.? Alors, cette combine peut nous rapporter gros, très gros !
O.K. O.K.! D'ailleurs, je t'accompagne à ce rendez-vous, non ?
Bien. Du reste, Haardt et les Hollandais sont déjà là.
Messieurs O'shea et Pierre Ubrecht...
...Messieurs Langen et Degroot.
Enchanté !
Comme je l'expliquais à ces messieurs, votre trafic de cigarettes est très lucratif, mais on peut voir plus gros! Si au lieu de cinquante caisses, on en transporte mille, les bénéfices seront vite fabuleux! Un million de dollars par an ne serait pas invraisemblable.
Et ce n'est qu'une question de bateau !
M. Degroot ici présent a une patente de capitaine au long cours, et nous avons besoin d'un capitaine... M. Langen est son associé...
Il s'agit de nous rendre en Sicile, nous avez-vous dit, une baie à l'ouest de Palerme ...
Pour l'équipage, nous aurons un Malais et trois Siciliens!
Et on nous aidera à l'arrivée. On devrait pouvoir charger neuf cents caisses!
Parfait!
Peu après...
Eh bien! voilà une affaire qui devrait rouler, finie la mélancolie. On passe aux choses sérieuses, petit!
Mouais ...
Bon , alors, accouche! Dis-moi ce qui cloche.
38

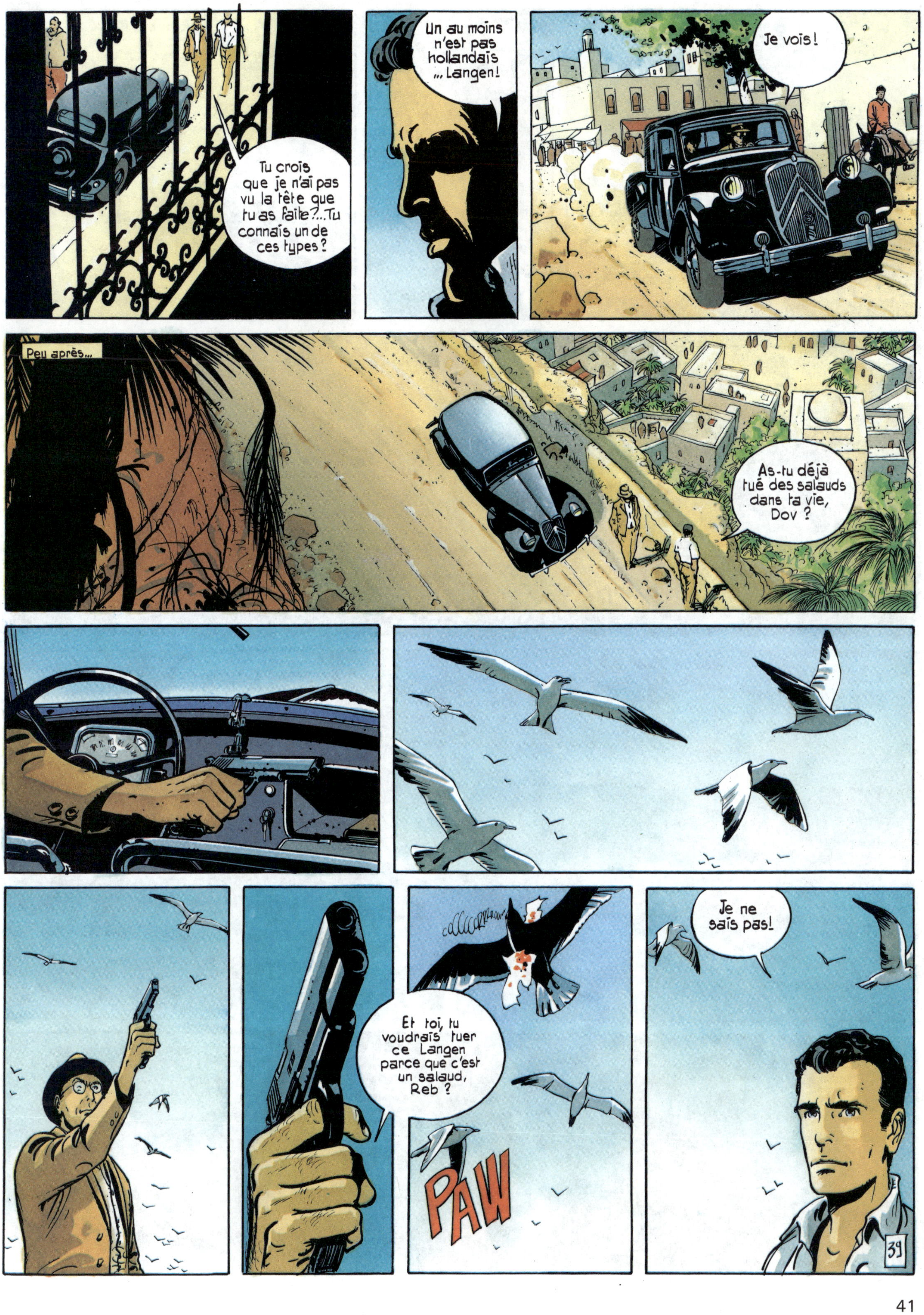
Tu crois que je n'ai pas vu la tête que tu as faite?...Tu connais un de ces types?
Un au moins n'est pas hollandais ... Langen!
Je vois!
Peu après...
As-tu déjà tué des salauds dans ta vie, Dov ?
Et toi, tu voudrais tuer ce Langen parce que c'est un salaud, Reb ?
PAW
Je ne sais pas!
39

Rentrons, Reb. Ce n'est pas ici que l'on peut les éliminer. On nous a vus avec eux et Tanger est petit. Par contre, en Sicile, on meurt si facilement...
Golfe de Castellamare, le 23 janvier 1947.
Le signal! La voie est libre! Stoppez les machines.
Les pêcheurs sont au rendez-vous!
Préparez le transbordement des caisses!
N'oubliez pas de verser mille lires par caisse aux deux douaniers qui sont avec eux. C'est le prix de notre " laissez-passer ".
WILDCAT
40

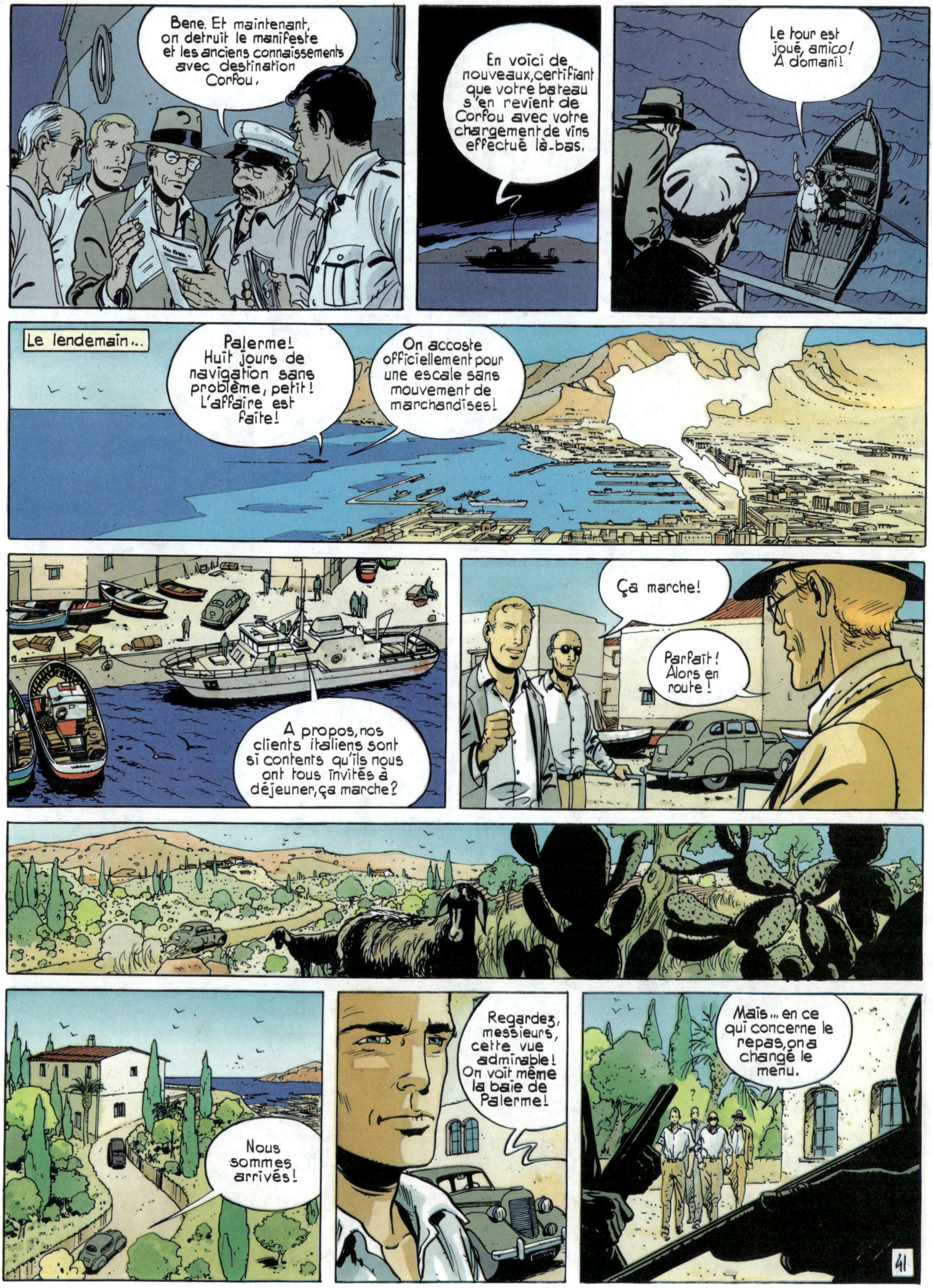
Bene. Et maintenant, on detruit le manifeste et les anciens connaissements avec destination Corfou.
En voici de nouveaux, certifiant que votre bateau s'en revient de Corfou avec votre chargement de vins effectué là-bas.
Le tour est joué, amico! A domani!
Le lendemain...
Palerme! Huit jours de navigation sans problème, petit! L'affaire est faite!
On accoste officiellement pour une escale sans mouvement de marchandises!
A propos, nos clients italiens sont si contents qu'ils nous ont tous invités à déjeuner, ça marche?
Ça marche!
Parfait! Alors en route!
Nous sommes arrivés!
Regardez, messieurs, cette vue admirable! On voit même la baie de Palerme!
Mais... en ce qui concerne le repas, on a changé le menu.

Langen ? Depuis Tanger, une question nous tracasse, le petit et moi : ton vrai nom, c'est quoi au juste ?
Langen... c'est mon vrai nom... Je ne comprends pas. Je suis Hollandais, et...
Te fatigue pas... le petit a une mémoire fantastique.
S'il voit un visage, il ne l'oublie jamais, et le tien, il l'a vu à Treblinka.
À Belzec.
Excuse-moi, petit, à Belzec. En uniforme de SS dans le camp.
À genoux ! Et toi, Degroot, bouge pas ! Ton tour viendra aussi !
Allez, petit, il va falloir que tu les tues...
Prends ce 45 et tire. En pleine gueule, pas dans la nuque. Qu'il voie ton doigt sur la détente.
Regarde : fais comme ça.
42

Fais-le, Reb!
Il a tué ta mère et ta soeur! Tue-le! Putain de merde, Tue-le!
Ça va, petit, écarte-toi ... mais laisse juste ce truc là où il est...
Suce-le, Langen... suce le canon comme si c'était une bonne grosse schlong juive...
Voilà... très bien, Langen...
43
PAW

9. D'émouvantes retrouvailles

Voici l'école!
Vos enfants ne m'importunent pas. Vous auriez dû les embrasser. Ils sont charmants.
Maintenant, direction Dachau. Mauthausen est trop loin. Dachau suffira...
Mon Dieu, Michaël...
Mon prénom est Reb.
Arrêtez-vous là, descendez et longez le mur.
Vous retrouver n'a pas été difficile. Vous avez repris la direction de votre usine de textile. En toute impunité.
Vous auriez réellement tué mes enfants ?
Je crois. Je ne sais pas. J'ai beau être très en colère, je ne sais pas.
Ouvrez ce bidon et buvez!
Mais...c'est de l'essence!
À un jeune français, c'est de l'huile de vidange que vous avez fait boire. Vous deviez manquer d'essence. Il avait dix ans. Il a mis une demi-journée pour mourir. Buvez.
J'ai un cadeau pour vous. J'aimerais beaucoup que vous vous en passiez sur le visage et sur les lèvres surtout.
45

Fin du premier tome.

Walt Whitman
LEAVES
OF
GRASS